愛ときどきなみだ

愛　ときどき　なみだ

思潮社

目次

カバー絵＝高橋敏勝
題字＝心屋仁之助
本文カット＝安斎菊江

愛　ときどき　なみだ

神のいかずち

わたしの　声を　聞きなさい
おまえの　素直な心で
わたしの　声を　聞きなさい
おまえの　正直な姿で
わたしの　愛を　受け取りなさい
おまえの　まっすぐな愛で
わたしの　希望を　叶えなさい

おまえの　無限の可能性で
わたしの　勇気を　もらいなさい
おまえの　確かな信念で

わたしの　声は
おまえたちに
平等に　響き渡る
わたしの　光は
おまえたちに
あまねく　降り注ぐ
わたしの　意志は
おまえたちに
あますところなく
宿っている

わたしを　信じなさい
わたしは　おまえの
心の中に　在る

それが　答え

自分の思いどおりにならなかったら
それが　答え

自分の将来が見えてこなかったら
それが　答え

自分はだめなやつだと思ったら
それが　答え

自分はもっとできる、と思ったら
それが　答え

自分には頼る人間が、誰もいないと思ったら
それが　答え

自分のまわりの人間が、みな馬鹿に見えたら
それが　答え

自分だけがわるいんだと思ったら
それが　答え

自分は愛されていると思ったら
それが　答え

自分は最高だと思ったら
それが　答え

自分を信じるんだ、と思ったら
それが　答え

自分さえも信じられない、と思ったら
それが　答え

自分は神様に守られていると思ったら
それが　答え

自分は誰かの役に立てるのだろうか、と思ったら
それが　答え

自分なんて、なんの役にも立たないと思ったら
それが　答え

自分は宇宙に味方されている、と思ったら
それが　答え

……それらのことを
考えられる
自分が
いま
在る
それが
答え

わたしは　ぴあの

わたしは　ぴあの
あたまの　なかで
ことばが　うたってる
ことばが　おどってる
ことばが　わらってる

るるるん　ららららん
るろろん　ろろろん

たのしい　ことば
うれしい　ことば

げんきな　ことば
あかるい　ことば

わたしは　ぴあの
あたまの　なかで
ことばが　ないてる
ことばが　しずんでる
ことばが　おこってる
ことばが　ふるえてる

かなしい　ことば
せつない　ことば
くるしい　ことば
おびえる　ことば

わたしは　ぴあの
あたまの　なかで
てを　つないでる
言の葉たち

わたしは　ぴあの
あたまの　なかで
ひらひら　舞う
言の葉たち

わたしは　ぴあの
あたまの　なかで
重く　かたまる
言の葉たち

わたしは　ぴあの
あたまの　なかで
粉々に　くずれる
言の葉たち

わたしは　ぴあの
あたまの　なかで
ことばの　音色を
奏でていく

あなたの　すきな音色
と、
わたしの　すきな音色
あなたが　もとめる音色

と、
わたしが　もとめる音色
あなたが　感じる音色
と、
わたしが　感じる音色
わたしは　ぴあの
ことばの　音色を
きょうも　奏でる

そして、わたしの願い

わたしは　悲しむ
わたしは　楽しむ
わたしは　感じる
わたしは　苦しむ
わたしは　蔑む
わたしは　侮る
わたしは　嫌になる
わたしは　諦める

わたしは　空を見る

わたしは　山を見る
わたしは　海を見る

わたしは　あなたを愛する
わたしは　あなたを嫌う
わたしは　あなたを認める
わたしは　あなたを拒否する
わたしは　あなたを励ます

わたしは　あなたになるために
生まれてきた
わたしは　あなたに伝えるために
生まれてきた
わたしは　あなたを感じるために
生まれてきた

わたしの　あなたへ…

わたしは　書きたい

わたしは　書きたい
いいことも　悪いことも
わたしは　書きたい
きれいなことも　汚いことも
わたしは　書きたい
たのしいことも　楽しくないことも
わたしは　書きたい

うれしいことも　嬉しくないことも
わたしは　書きたい
つまらないことも　詰まらなくないことも
わたしは　書きたい
ひどいことも　酷くないことも
わたしは　書きたい
光も　闇も

すべてを
言の葉に
のせて…

2008.1.29 Kikue A

理由

なぜ…

どうして…

なんのために…

そんなもののために
あなたが　傷つき
わたしが　傷つく

いつ…

だれが…

どうしたから…

そんなこととのために
あなたも　傷つき
わたしも　傷つく

なんの理由？
どんな理由？
そんな理由？

いったい　どうしたいの？
いったい　どうなりたいの？
いったい　どこへいきたいの？

真っ暗な　森のなかで
あなたは　さまよう
真っ暗な　森のなかで
わたしは　さまよう

さまようあなた
と
さまようわたし
は

永遠に
めぐりあわない……

おかえり、ワンピース

「気にいったら、つかってね」と、
姪っ子に送ったワンピース。

三月十日に届いたワンピース
謝恩会に着るはずだったワンピース

ちいさな箱の中で
しずかに眠ったまま
うちに帰ってきた

「おかえり、ワンピース」

けなげな姪っ子は
病と向き合う母親を
しずかに、たくましく
支えながら
今日も生きている
のりこえる
たちあがる
…………。

（平成二十三年十二月
福島に住む姉と姪っ子より）

妖精の詩《うた》

ちょき　ちょき　ちょき
シュー、シュー
ちょき　ちょき　ちょき
シュー、シュー

きょうも
かわいい　妖精が
動き出す

ちょき　ちょき　ちょき

シャカ、シャカ、シャカ
ちょき　ちょき　ちょき
シャカ、シャカ、シャカ

きょうも
ちいさな　妖精が
笑ってる

ちく、ちく、ちく
チク、チク、チク
ちく、ちく、ちく
チク、チク、チク

きょうも
めがねをかけた　妖精が

仕事する

かた、かた、かた
カタ、カタ、カタタタタタ…
かた、かた、かた
カタ、カタ、カタタタタタ…

ちいさくて
かわいくて
めがねをかけた
妖精は
おおきな　おおきな
とても　おおきな
仕事をする

裸の　にんげんを
やさしく　包んでくれる
あったかい　衣装を
つくってくれる

裸の　にんげんが
晴れ舞台に　立つときの
かっこいい　衣装を
つくってくれる

裸の　にんげんが
安心して　裸でいられるような
ゆめの　衣装を
つくってくれる

ちいさくて
かわいくて
めがねをかけた
妖精の
詩《うた》

とうちゃんの詩《うた》

とうちゃんは　思う
かあちゃんが　いてくれて
よかったなあ。

とうちゃんは　思う
おまえと　おまえと　おまえが
いてくれて
よかったなあ。

とうちゃんは　働く

かあちゃんのことを
感じながら

とうちゃんは　働く
おまえと　おまえと　おまえのことを
夢見ながら

とうちゃんは　笑う
かあちゃんのことを
想いながら

とうちゃんは　笑う
おまえと　おまえと　おまえのことを
目に浮かべながら。

とうちゃんは、
とうちゃんは……
ときに、
ちょっとだけ
泣いたりする。

とうちゃんは
いつも
かあちゃんと
おまえと　おまえと　おまえだけの
たった　ひとりの
とうちゃん。

花は　咲いた

赤い花
白い花
薄むらさきの花
ピンクいろの花
みずいろの花
きいろの花
………

それぞれの
花が咲いた

わたしの　心に
あなたの　心に

雨に濡れないように
傘を　さしてくれる
花びらが散ってしまわないように
やさしく　守ってくれる
茎が折れてしまわないように
そっと　支えてくれる

あなたの　心が
わたしの　心を
慈しむように
わたしの　心も
あなたの　心を

慈しむ

花は　咲いた
あなたの　心と
わたしの　心を
やさしく　つなぐ
にじいろの
花

紙ひこーき

なぜだろう…

あのひとのことばに
ふれると
なみだがあふれてくる

なぜだろう…
あのひとのことばを
かんじると

なみだがにじんでくる

なぜだろう…

このおもいを
つたえるために
わたしは
てがみを
書こう

しろい便せんに
わたしのおもいを
綴る

ひとつひとつ
ていねいに
ことばを
選んで…

あのひとに
てがみを
書く

てがみを
書いたら
紙ひこーきにして
おもいっきり
青いそらに
飛ばそう

あのひとのもとへ
届いてね

なぜだろう…の
おもいを乗せて

きっと、待っている
あのひとのもとへ

はるのあめ

はるのあめは
かみさまからの
おくりもの
かみさまの　こどもたちが
かみさまの　じょうろで
はるのあめを
降らしてくれるよ

ぽとん、ぽとん、ぽとん…
ぺたん、ぺたん、ぺたん…

はるのあめは
かみさまからの
おくりもの
かみさまの　こどもたちが
くるくる、くるくる、くるくる、くるくる
まわりながら
くるくる、くるくる、くるくる、くるくる
まわしながら
はるのあめを
降らしてくれるよ

わーい、わーい
おーい、おーい

いつまで、寝てるんだよー！
もう、春なんだよー！
目を覚ますんだよー！

はるのあめが
虫たちに
鳥たちに
花たちに
木々たちに
呼びかける

もう
春だよ

星降る夜に

星降る夜に
あなたを想う
いま、どこですか
さみしくは、ないですか
なかまは、いますか

星降る夜に
あなたに誓う
いま、一歩あるいています
いま、こころが踊っています

いま、あなたと繋っています

星降る夜に
あなたを想い
あなたに誓う

きっと、あなたに届く
この想い……

大切なもの

ちらちら、ちらちら
ちらちら、ちらちら
ゆきが降ります

あなたの
大切なものは
なんですか

あなたの大切なものは
どこにありますか

自然は
わたしの家族
自然は
わたしの命

わたしの家族を
殺さないで。
わたしの命を
殺さないで。

ちらちら、ちらちら
ちらちら、ちらちら
ゆきが降ります

神様、きょうも
ありがとう

海よ

海よ
かなしい海よ
あのひとの声を聞かせておくれ
その波の音に乗せて

海よ
やさしい海よ
あのひとの眼差しを見せておくれ
その波の輝きに乗せて

海よ
怒れる海よ
あの人の憎しみを返しておくれ
その波の揺らめきに乗せて

海よ
しずかな海よ
あの人の涙をすべて流しておくれ
その波のひとつひとつに乗せて

海よ、
海よ、
海よ。

海よ

あたたかい海よ
あのひとの温もりを思い出させておくれ
その波の大きさに乗せて

海よ
せつない海よ
あのひとのやるせなさを感じさせておくれ
その波の濁った色に乗せて

海よ
やわらかい海よ
あのひとの吐息を味わわせておくれ
その波の繰り返すリズムに乗せて

海よ

もの言わない海よ
あのひとの伝えたかった思いを届けておくれ
その波の叫びに乗せて

海よ、
海よ、
海よ。

わたしは
いつも
おまえと
ともに
ゆれている。

（五月四日　山田町にて）

きょうは　なんのひ？

きょうは　なんのひ？

きょうは　おそらの　うんどうかい
ほらほら　みんな　ならんでねー
こっちに　あつまれ　あつまれー
みんな　よういは　いいのかなー

まあるく　かわいい　くもたちが
どんどん　どんどん　ならんでる
どんどこ　どんどこ　ならんでる

だんだん　だんだん　ならんでる

あっちからも　こっちからも
そっちからも　どっちからも
いっぱい　いっぱい　ならんでる
まあるく　ちいさい　くもたちが

まんいん　まんいん　おきゃくさん
おとうさんかな　おかあさんかな
おじいちゃんかな　おばあちゃんかな
おっちゃんかな　おばちゃんかな

だれかな　だれかなー
だれだろう　だれだろー
あのかお　このかお

そのかお　どのかお
みんな　みんな　みているよー

ももぐみさーーん
すみれぐみさーーん
たんぽぽぐみさーーん
よういは　いいですかー

きょうは　なんのひ？
きょうは　おそらの　うんどうかい
ぴーぴ！　わん、つー、すりー、ふぉー。

（平成二十四年三月十三日
のぞみの車窓から
名古屋と京都のあいだ）

闇の夜

闇の夜に
雲の切れ間から
鋭い月が
こっちを
見ていた

おまえは、これっぽっちも
にんげんを裏切らないといえるのか
おまえは、これっぽっちも
にんげんを騙せないといえるのか
おまえは、これっぽっちも
にんげんを欺かないといえるのか
おまえは、これっぽっちも
にんげんをあざ笑わないといえるのか
おまえは、これっぽっちも
にんげんを貶めないといえるのか

おまえは、これっぽっちも
にんげんを侮らないといえるのか
おまえは、これっぽっちも
にんげんを蔑まないといえるのか
おまえは、これっぽっちも
…………と、いえるのか

闇の夜に
鋭い月が
こっちを

見ている

おまえは、だれかを
ちょっとでも愛せるのか
おまえは、だれかを
ちょっとでも許せるのか
おまえは、だれかを
ちょっとでも信じるのか
おまえは、だれかを
ちょっとでも頼れるのか

おまえは、だれかを
ちょっとでも幸せにするのか
おまえは、だれかを
ちょっとでも笑顔にするのか
おまえは、だれかに
ちょっとでも感謝するのか

おまえは、だれかに
……………するのか

鋭い月の

冷たいまなざしが
胸に
突き刺さる
ましろな雪の
闇の夜に
御燈明だけが
ゆらいでいた…

宇宙の奇跡

ほら、聞こえるよ
空の　おと
山の　おと
海の　おと

ほら、感じるよ
空の　あお
山の　あお
海の　あお

ほら、見えてるよ
空の　いろ
山の　いろ
海の　いろ

…………

空が　ある
山が　ある
海が　ある

あなたが　いる
わたしが　いる
みんなが　いる

あなたを感じる
わたしが　いる
わたしを感じる
あなたが　いる
みんなを感じる
みんなが　いる

すべて、
いま　ある
宇宙の奇跡

あなたに伝えたい
わたしが　いる
わたしに伝えたい
あなたが　いる

みんなに伝えたい
みんなが　いる

すべて
いま　ある
宇宙の奇跡…

あなたにつながっている
わたしが　いる
わたしにつながっている
あなたが　いる
みんなにつながっている
みんなが　いる

すべて、

いま　ある
宇宙の奇跡…

ありがとう　あなた
ありがとう　わたし
ありがとう　みんな

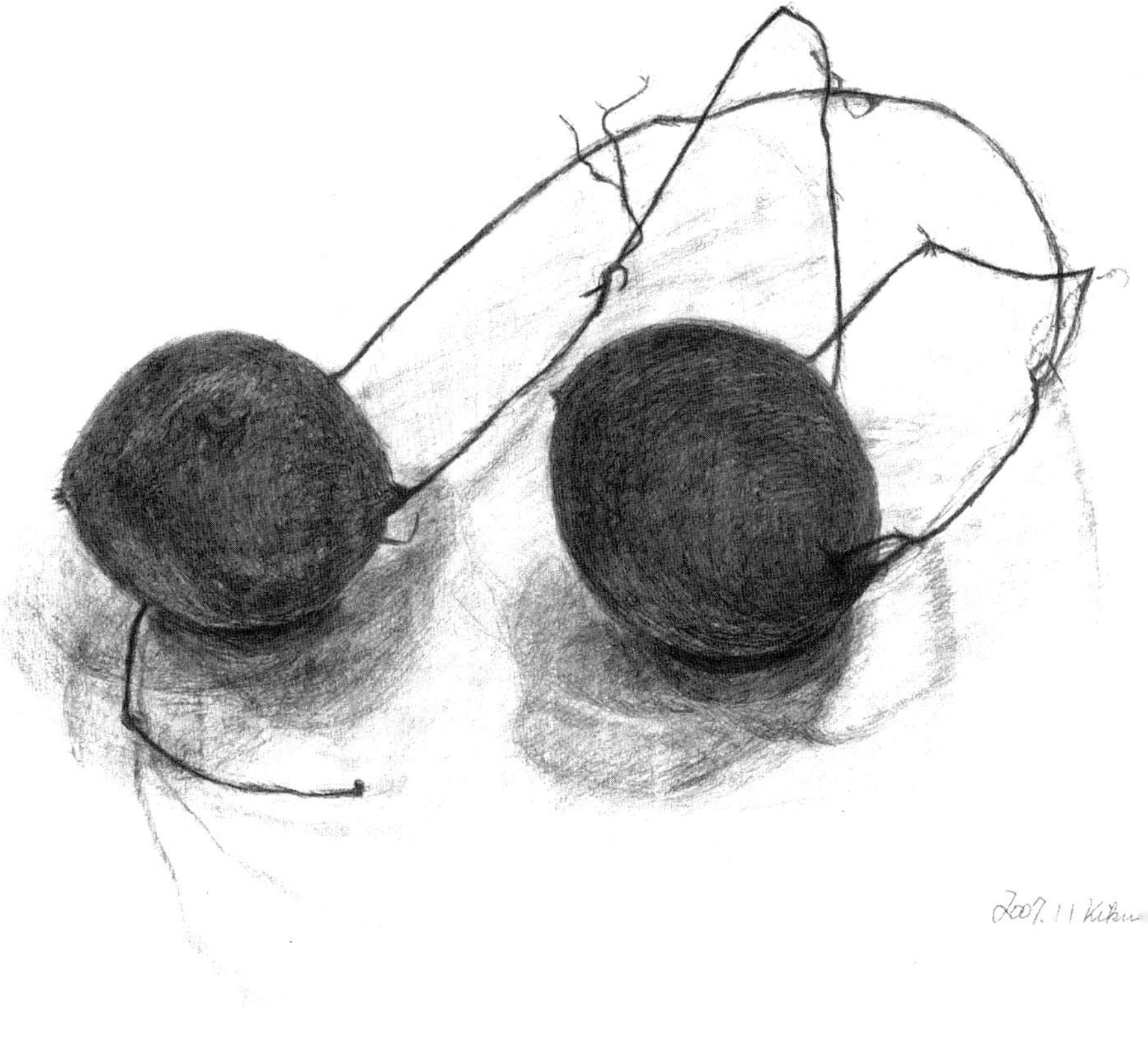
2007.11

あなたの未来

あなたの未来には
なにが見えますか。
あなたの未来の先には
なにがありますか。

あなたが見たいものは
なんですか。
あなたが感じたいものは
なんですか。
あなたが触れたいものは

なんですか。
あなたが聴きたいものは
なんですか。
あなたが味わいたいものは
なんですか。

わたしが見たいのは
あなたの笑顔。
わたしが感じたいのは
あなたのぬくもり。
わたしが触れたいのは
あなたのやさしさ。
わたしが聴きたいのは
あなたの笑う声。
わたしが味わいたいのは

あなたの素直さ。

あなたの未来
と、
わたしの未来

未来は、つながっている…

あなたの未来に
大切なひとは、いますか？
あなたの未来に
大切なあなたは、いますか？

わたしは、待っています…
あなたが、大切なひとを

見つけるまで。
わたしは、待っています…
あなたが、大切なあなたを
見つけるまで。

きっと、来る
すばらしい、あなたの未来を
信じています…

ゆずれない思い

その、
ゆずれない思いを
抱えて
あなたは
どこへ　行くの？

その、
ゆずれない思いを
背負って
あなたは

なにを　するの？

その、
ゆずれない思いを
手にし
あなたは
なにを　感じるの？

その、
ゆずれない思いに
乗って
あなたは
なにが　したいの？

その、

ゆずれない思いは
あなたの
なにが
わかるの？

その、
ゆずれない思いが
あなたを　苦しめる

その、
ゆずれない思いが
あなたを
貶める

その、

ゆずれない思いが
あなたを　蔑む

そして…

その、
ゆずれない思いが
あなたを　抱きしめる…
強く
深く
やさしく

その、
ゆずれない思いが
あなたに　キスをする…

甘く
切なく
やわらかに

その、
ゆずれない思いは
あなたと　わたしを
ひとつに　する…

楽しみなこと

楽しみなこと、
あなたと　愛を感じること
楽しみなこと、
あなたと　愛を育むこと

楽しみなこと、
あなたの魂に　触れること
楽しみなこと、
あなたの魂が　震えること

楽しみなこと、
あなたに　愛が伝わること
楽しみなこと、
あなたに　希望が見えること

楽しみなこと、
あなたが　笑っていられること
楽しみなこと、
あなたが　喜んでいられること

楽しみなこと、
あなたを　愛せること
楽しみなこと、
あなたを　信じること

楽しみなこと、
それは
あなたと　わたしの　真実

さがしものは　なんですか

あなたの　さがしているものは
なんですか
あなたの　明るい未来ですか
あなたの　かなしい心ですか

あなたの　さがしているものは
なんですか
あなたの　過ぎ去った日々ですか
あなたの　うれしい心ですか

あなたの　さがしているものは
なんですか
あなたの　どうしようもない今ですか
あなたの　愛する心ですか

わたしを　使ってください
わたしを　利用してください
わたしを　踏み台にしてください

あなたが　一歩踏み出せるなら…
あなたが　一ミリずつ前進できるなら…
あなたが　空へ飛び立てるなら…

あなたの　さがしているものは
なんですか。

言の葉たち

かわいい、かわいい
言の葉たちが
やってくる
どんどん、どんどん…

たのしい、たのしい
言の葉たちが
おりてくる
さらさら、さらさら…

うれしい、うれしい
言の葉たちが
まいおりる
ふわふわ、ふわふわ…

どんどん、どんどん
さらさら、さらさら
ふわふわ、ふわふわ
待って、まって、まっててね
てをつないで
でておいで

ならんで、ならんで
でておいで
じゅんばん、じゅんばん

でておいで

リズムに乗って
ダンスに乗って
しらべに乗って

うれしいなあ…
たのしいなあ…
おもしろいなあ…

リズムに乗って
ダンスに乗って
しらべに乗って

うれしいね…

たのしいね…
おもしろいね…

かわい、かわいい
言の葉たち
待って、まって、まっててね
むかえにいくよ
かならずいくよ
きっといくよ

いま、
ここから…

～とらとらの、願い～

とらとらの、願い

あさ、目が覚めること
目が覚めたら、目が見えること
目が見えたら、朝日がまぶしいこと
まぶしかったら、顔を洗えること
顔を洗ったら、鏡が見えること
鏡を見たら、にっこり笑えること
にっこり笑ったら、うれしくなること
うれしくなったら、たのしくなること

たのしくなったら、小鳥の声がきこえること
小鳥の声がきこえたら、
好きな人の声を思い出すこと
好きな人を思い出したら、
しあわせになること
しあわせになったら、
しあわせをだれかに分けてあげられること
だれかに分けてあげたら、
その人もだれかに分けてあげられること

そして、
自分と
日本中と
世界中と
宇宙すべてが

ひとつにつながること。
そして、
それは
いま
ここに
ある。

お手紙差し上げます

お手紙差し上げます。
陸前高田のおかあさんへ

去年の、四月三日
文字どおり
がれきのなかを、ぬうようにして
車を走らせ、かの地にたどりつきました。
途中途中に広がる光景に
胸が押し潰されそうになりながら、
…いま、なにか、できることをやりたい…

という
みんなの思いが、ひとつとなって
ひとりひとりの、さまざまな思いを乗せて
たどりつきました。

ちょうど完成したばかりの
ぴかぴかの集会所で
いっぱいいいっぱいのごちそうを
炊き出ししました。
ほかほかのやきいもも
いっぱいできました。

たくさんの、方々が
集まってくださいました。
96歳のばあちゃんだから、

ちょっとしか食べない、といって
遠慮されるのを、パックいっぱいに詰めて
味ごはんをお渡ししました。

陸前高田のおかあさんへ

全部、片付けが終わって
申しわけないと思いつつ
お手洗いをお借りしたとき、
高台のおうちの庭から
「ちょっと、こっちに来てみて…」
と、
山の合間から見える
海のようすを
〝その日〟の波のようすを

話してくださいましたね。

そして、
消防団長をされている
息子さんの話を
してくださいましたね。
〝その日〟から、
みんなのために
必死で、
動いた数日間のこと。
そしたら、
ある日、
「腹、痛い。動かれね。」
と、
息子さんが

寝込んでしまったこと。
でも、なにかの薬をのんで
すぐに、
動きはじめたこと。

陸前高田のおかあさん。

陸前高田のおかあさんは、
それらの話を
やさしく
しずかに
おだやかに
ただただ、
やさしく
しずかに

おだやかに
話してくださいましたね。

そのなかには、どんなにか
つらいことが　あったのだろう
そのなかには、どんなにか
すさまじいことが　あったのだろう
陸前高田のおかあさんは
やさしく
しずかに
おだやかな
表情をされていた…

陸前高田のおかあさん、
お元気ですか…。

拝啓　山田町消防団のみなさま

岩手県沿岸の
津波の被害に遭った
山田町消防団のみなさま
その後、いかがお過ごしでしょうか。
5月の連休にお邪魔させていただきました。
ちょうど、そのときは、5月には珍しく
大雨洪水警報が、発令されている時でしたね。
消防団員の方々は、
非常事態に備えて、待機されているところでした。
ほんとうに、すさまじい、雨、雨、雨。

そして、
風。
どこの川も濁流になり、橋を渡るのが
怖かったです。

山田町消防団のみなさまは、
とても元気よく、力強く、あたたかい笑顔で
わたしたち一行を、迎えてくださいました。
ツアーの主催者が集めた支援金で
〝屯所の土台を作ることができた〟と、
顔をほころばせて、話してくださいました。

山田町消防団のみなさまは、
おひとりおひとりが、みな、
いきのいい、新鮮な、上等の、とびっきりの

まぐろのような方々でした。
若い方も、年配の方も、みな、おなじでした。
みなさん、おんなじように、
いきいきして、輝いていました。
真っ黒に日焼けしたひとも、
日焼けしないまっ白なひとも
それぞれに、
まぶしい光を放っていました。

……。
その光の影には、いったい
どれほどの苦悩が
あったというのでしょうか。
去年の震災後、
行方不明の方々の捜索をされたことを、

なにげない会話のように話されている…
その、ことばの後ろには、いったい
どれほどの悲しみが
あったというのでしょうか。
ふとしたおりに、にじみでる
やるせなさ、無情さ……

それらを　打ち消すかのように
笑顔で、明るく、元気よく、笑い飛ばして
みなさまの、その姿が
胸に、深く深く、きざまれています。

お別れする時に、
おひとりおひとりのかたと、
握手させていただきました。

みなさまの手は、
ことばでは、言い尽くせないくらい
あったかく、
そして、
おおきな、おおきな
手をしていました。
それは、
ひろいひろい
海のような
手をしていました。

山田町消防団のみなさま、
また、近いうち、お目にかかりましょう。
すずしい風が吹く
夏がいいですね。

きっと、また、変わらない笑顔で
迎えてくださるのでしょう。
お会いできるのを
楽しみにしております。

ふくしまの　そら

ふくしまの　そらが
わらってる
ふくしまの　そらが
うたってる
ふくしまの　そらが
ほほえんでいる

ふくしまの　そらが
いってるよ
そんなに　しんぱいしないでって
ふくしまの　そらが

いってるよ
そんなに
なやまないでって
ふくしまの　そらが
いってるよ
あんしんしても　いいんだよって

ふくしまの　そらは
あったかい
ふくしまの　そらは
やさしい
ふくしまの　そらは
やわらかい
ふくしまの　そらは
おおきな　おおきな

てをひろげて
みんなのことを
まもってくれるよ
みんなのことを
つつんでくれるよ
みんなのことを
あたためてくれるよ

ふくしまの　そらを
信じて
生きて
行こう

（平成二十四年三月八日
　十二時十三分
やまびこの車窓より）

わたしの　ふるさと

わたしの　ふるさと
それは、
山
わたしの　ふるさと
それは、
川
わたしの　ふるさと
それは、
緑
わたしの　ふるさと

それは、
せせらぎ

わたしの　ふるさと
それは、
森のしずけさ
わたしの　ふるさと
それは、
鳥のさえずり

わたしの　ふるさと
それは、
かわらなでしこの

やさしいピンク
わたしの　ふるさと
それは、
かえるの合唱

わたしの　ふるさと
それは、
松露の歯ごたえ
わたしの　ふるさと
それは、
あけびの種

わたしの　ふるさと
それは、

野いちごのやわらかい甘さ
わたしの　ふるさと
それは、
蕗のとうのたしかな苦み

わたしの　ふるさと
それは、
儚いほたるの無数のあかり
わたしの　ふるさと
それは、
儚いほたるの無数のいのち

わたしの　ふるさと
それは、
福島

わたしの　ふるさと
それは、
ふくしま

あとがき

日本のむかし話に、「つるの恩返し」というお話があります。助けてもらったお礼に、機を織って恩返しをする…。その反物は、自分の一枚一枚の羽根をむしりとって織りあげたものだった――。

今日の日まで、生かされてきたお礼に、わたくしは、自分の人生の中で積み上げてきたひとつひとつの片鱗を〝ことば〟に託し、表現していくことにしました。

最初の一冊は、この世に生み出してくれた両親への感謝、という形にして。

この『愛　ときどき　なみだ』の出版に際しましては、思潮社の小田康之さまに、たいへんお世話になりました。出版のことが何もわからないのをいいことに、言いたい放題、勝手気ままなわたくしの言い分を、黙って聞いてくださり、受けとめていただきました。

ほんとうに、ありがとうございました。

今、このときも、水があり、空気があり、風が吹いている…。草も木も花も、虫たちもみな生かされている。すべてを、在らしめている宇宙に感謝の念を贈ります。

鈴木君江

愛《あい》ときどき　なみだ

著者
鈴《すず》木《き》君《きみ》江《え》
発行者
小田久郎
発行所
株式会社　思潮社
〒一六二―〇八四二　東京都新宿区市谷砂土原町三―十五
電話〇三（三二六七）八一五三（営業）・八一四一（編集）
FAX〇三（三二六七）八一四二
印刷・製本所
創栄図書印刷株式会社
発行日
二〇一二年十月二十日